（好）小說是什麼？

何謂「小說的智性」？

什麼是「唯有小說能發現的東西」？

文學的「抒情」是什麼？

我們自以為感受到什麼？

#猜想

#公設

#不完備定理

#米蘭·昆德拉

#智性

#抒情

#金句體

我以為，我將起造一個我所能想像與欲望的最大的世界。

召喚在哪裡都沒有過的神。

伊格言
黃以曦

一、認識是小說唯一的道德

以曦，要談論小說的智性，我首先想到的是幾個數學名詞——不，不是Penrose Staircase（見於Christopher Nolan的電影《全面啟動》——Leonardo DiCaprio對Ellen Page的提點：「**你可以創造現實中不存在的形狀，在夢境中。**」），不是四色定理（見於東野圭吾推理名作《嫌疑犯X的獻身》），不是囚徒賽局（是的，《黑暗騎士》，Christopher Nolan again；以及理所當然地，《美麗境界》），不是哥德爾的「不完備定理」（見於《噬夢人》）——不，不是這些（註一）。我想到的是幾個更基本的名詞，是數學體系之地基，邏輯之原始：所謂「**公設**」、「**命題**」、「**定理**」，以及「**猜想**」。

作為一嚴密邏輯符號系統，這是數學世界賴以成立的準則。或許所有「嚴密邏輯符號系統」皆是如此構築自己的大廈的？容我們將「數學」代換為另一「嚴密邏輯符號系統」——姑且稱之為ф系統好了——既有數學公設、數學定理、數學猜想；那麼必然亦有ф系統公設、ф系統定理、ф系統猜想。是嗎？

且容我繼續推演——我們可將這「數學」或ф系統代換為「小說」或「文學」嗎？文學，稱得上一「嚴密邏輯符號系統」嗎？

我想，「嚴密邏輯」是不必了，「**符號系統**」倒是如假包換。文學必是一符號系統，因為原則上，據俄國批評家巴赫汀論證，語言所能者亦即是小說所能者，小說的範疇與語言一樣大。這不難理解。但小說，或謂文學，必缺乏與數學同等嚴密的運算規則。小說的法則、小說的技巧，小說運算（以語言作為材料進行字詞段落之創造與排列組合）的可能性與自由度，其飛花折葉，行雲布雨之機巧，遠大於一「嚴密邏輯」所能給予者。就此而言，作為一符號系統，小說複製的並非數學結構，而是大腦中刺繡圖案般千變萬化的神經元結構。神經元的連結方式有多少種？有一說如此：十的一百萬次方種。

以此為基礎，吾人可藉此來思索小說，或文學此一符號系統可能的規則。小說有「定則」嗎？小說有「公設」嗎？或許，幾乎沒有——但多年來我服膺米蘭．昆德拉的說法，引之又引不厭其煩——「**小說的精神是複雜性精神**」、「**每一部好小說都在試著告訴你，事情不像你所想像的那樣簡單**」。《小說的藝術》中，昆德拉的宣言如此嚴厲而尖銳：

> **這些(優秀的、合格的)小說家們發現了「唯有小說才能發現的東西」。他們表明，在這種「終極悖謬」的情況下，所有存在的範疇是如何突然地改變了它們的意義……小說唯一的存在理由就是去發現唯有小說才能發現的東西。一部不去發現迄今為止尚未為人所知的存在之構成的小說是不道德的，「認識」是小說唯一的道德。**

終極悖謬。複雜性精神。「**存在的範疇徒然地改變了它們的意義**」，「**認識是小說唯一的道德**」。我私以為，如若文學的世界中有任何公理存在，這就是公理，「文學」此一藝術品類，此一符號系統無可妥協處。我想說的是，請注意，這包含抒情（如若某一小說帶領我們「**認識**」了某種抒情的樣態，那當然亦是小說的道德，一「**唯有小說才能發現的東西**」），但絕不限於或止於抒情。

伊格言，當你談到「**文學是一個（符號）系統**」，我突然困惑了，反覆讀這短短的句子。如你一樣，我亦總是習慣對事物進行抽象化，由系統和秩序來討論；如此，不可能不同意、或不知道，文學之作為一個系統，的意義，無論那是怎樣的系統。但我卻在讀到這個斷言時，艱難地困住了。

然後，我想，我那麼自然地對著各種事物、指其作為某特定系統，如何如何，是因為我在那個的裡面，或在那個的旁邊。比如，我在這個物理環境裡、在這個社會裡、我臨著一處專業體系、我看著一局遊戲。我在那裡面，談論著含括我運轉的整幢秩序，我在那旁邊，凝視著那些什麼的規律。

可此刻，作為寫作者，論及我親手創造的世界，比如小說，比如詩，指它「是一個系統」。我說不出口。這是為什麼呢？

我想那是邏輯上關於邊界之辯證的直覺。當在一個世界裡，無論宇宙或僅僅是幢關係，我在這裡頭，這東西最遠就只能是我可觸及的極限；換句話說，當我是有限的，我能感知的世界就只能是有限的。那裡是一落封閉的廓線，是以我輕鬆說出「它是一個系統」。當在什麼的旁邊，無論它多寬闊，我和它的關係、我之所以在這裡談論它，是建立在我能對它攏出的聯繫；是以，同樣的，當我是有限的，我對與我有所關連的事物的界定，就是有限的。我將看到它的邊界，看到那裡頭某套周始往覆的轉動——那其實就是，我這個人與該個事物協同的一套秩序。

然而，面對親手造出的世界，我不是這樣感覺的。

最開始，我起了一個頭，朝預設的廓線推開，一邊用盡可能準確的語言（你所謂的符號）去對某朦朧意念，織作凹凸的形體……。我以為事情將這樣下去，我以為我將起造一個我所能想像與欲望的最大的世界。

但很快地，如你我都熟悉的過程，與結果。它長出自己的生命。它兀自延伸，對這與那裡漠然裁去，它在一處踟躕，又在另一處頭也不回地遠離，然後它把自己關閉。然後在故事結束很久以後，它唱起誰都未曾聽聞的旋律。然後，它成為另一個故事。

不同於前述的兩者，文學提示了創作者的無限，而當我在此刻必須承認我的無限、當我看不到它的邊界，於我，我就很難說「文學『是』、『一個』系統」。那有點像是哥德爾不完備定理那種被蝕穿的意象，可我感覺到的甚至更切身、更痛——一切湧動幻變、不斷推得更遠，原本以為頂多是維度的纏繞，終究是夢。

但回到你舉出文學作為一個符號系統，以確認或可成立這樣的貫穿公理，即是你引用的昆德拉的「**認識是小說唯一的道德**」。關於此，我是贊同的，儘管我的贊同是建立在我無法將小說看作一個系統，這樣的前提；也就是說，我並非將此看為某約束性的公理，而是，無法置疑的當然。

然而，於我，那個「認識」，那個「**唯有小說才能發現的東西**」，只存於那個國度。一片大漠，在上頭慢慢走，走進了，就不在原來世界。創作者的動員，創作者的調度，召喚了在哪裡都沒有過的神；那重新塑造每個進來的人，他們不得不成為故事裡的人，在這裡，那樣活上一回。擁有回憶，醞釀智慧，獲得不曾妄想的視域，終極而全新的認識。

是啊，認識是小說唯一的寶藏，那一切都是唯穿越小說才能發現的東西。可離開這裡，又接上來到之前，那個平凡的樣子，平凡的一輩子。

智性的鑽探本身就充滿感情，

是設謎與解謎的渴望，也是對秩序之美的醺醉。

二、文學慣習中對「抒情」的過度迷戀

以曦，妳提到，妳贊同昆德拉「認識是小說唯一的道德」此一「公設」，然而卻是在妳「**無法將小說看作一個（符號）系統**」這樣的前提下。換言之，容我重複一次妳的說法（若我並未誤解妳的表意）：於無法將小說看作一符號系統的同時，妳贊同「認識是小說唯一的道德」這樣的斷言。

這令我深思。我想到的是，讓我們先回到「公設」這樣的說法。公設是什麼？再舉歐幾里德幾何系統為例——公設之所以存在，正是因為「一**封閉系統中某些基礎假設，由於太過基礎，太過理所當然，是以難以自證**」所致。我想這有些類似LeBron James 或郭婞淳，任憑他們再天生神力，終究無法將自己舉起。「兩點之間可畫出一直線」這樣的公設，太過基礎，太過理所當然，導致歐幾里德系統內一切定理、一切規則，本來便必須建立於此些公設上。我們別無選擇（不可能再去分析它或證明它），僅能依直覺「**承認**」這些公設的成立。

等等，直覺？「承認」？「理所當然」？確實如此，確實如此。這明示了，一封閉系統之公設，終究必須依賴其他系統之觀察（或者，之運算、之邏輯、之感官知覺）才能成立。這是否暗示了，這世界上並不存有一「真正獨立封閉之系統」？或者它的隱喻不是如此？或這根本是「桶中大腦論」的換句話說——它其實是在說：反正，一切知覺，一切推論，都無法躲開一個主體（在此文明中，在地球上，是人類之心智）的篩選、干擾或或測度？

我們似乎扯遠了。但這些莫名其妙的思索令我感到某種智性之深沉與愉悅。我原本想提的是，個人以為，於我身處之華文文學場域「**慣習**」中（當然，這是借用布赫迪厄概念），對「**抒情**」此事，極可能有著不合比例原則的過度迷戀；而對文學中的智性價值之追求，卻似乎被迫全面性地臣服於這抒情大纛之下。這不僅相當程度體現在純文學市場上（市場：一受資本主義溶蝕、洞穿最深之評價體系——相較於學術體系而言），也毫無疑問腐壞了其他專業評價體系（例如文學獎項）。

但我以為，如我前引之「昆德拉公設」——是的，抒情非常重要，抒情是藝術世界的重要支柱之一；但它絕非藝術世界唯一的支柱，它甚至必然從屬於「認識是小說唯一的道德」這樣的琵琶骨結構。但當這樣不成比例的「抒情慣習」全面橫掃壓倒其餘價值時，那其實可能錯誤地、不合宜地將其餘價值消滅。它利用人類心智的特性與脆弱（抒情偏好）跨越了那條界線——在那裡，淺薄、煽情與真正具有藝術價值的動人與柔軟僅只一線之隔，甚至可能被混淆。

這是令我憂心的。

伊格言，我贊同於你說的文學場域慣習中對「抒情」的過度迷戀，智性價值的追求在其中顯得弱勢。然而，同時刻，於我，抒情和智性之最美，卻恰恰，或說唯能成立，於其可互相深探與確立。

會有一部沒有「人」的文學嗎？就算是霍格里耶式宣稱如何中性無色的零度書寫，就算語言要實驗或回歸某種透明的記述，我們仍清楚看到景象後面的眼睛。那雙眼睛的焦灼、執著、不由分說的熱切。我們亦看到一幕與下一幕遞嬗間，心的悠哉或惶然，貪婪想多看一點，堅忍地在哪裡別過臉，卻留下不止懸念……。畫面裡似乎沒有人，沒有心動與想念，沒有恨亦沒有愛，沒有人遇上另一個人，沒有等待，但從畫面的構成與流動，我們切膚地讀進了那整幢無法不是由情感所驅動的凝視。

有燈就有人，有人才有燈。所以，是的，我從這角度可以理解「抒情」被以為是文學的唯一價值。

問題於是在於，第一，沒有智性配備，我們的抒情或可遊蕩寬廣，卻無法走更深更遠，第二，智性的鑽探本身就充滿感情，是設謎與解謎的渴望，也是對秩序之美的醺醉。而關於第二點，甚且得發動一套再次後設的作為，以高一階智性手段去追索錘鍊智性那樣的情感。

然而，事實上，我很久不再問這些問題了，關於為什麼在文學，抒情那麼不成比例地重於智性。因為，工具畢竟為了需求而生。如果你不曾感知到有某包覆的宇宙，你就不必起身推定一套籠罩性的秩序，如果你不曾在夢與幻覺間錯亂，你不會懷疑維度的縫隙，不會重啟世界的丈量。

如果你不曾感覺到某說不出、不曾被說出的情感，你本來就不會回到語言的可能性去追究，不會重新審視邏輯之亦有皺褶與灰階，思考人該如何運用語言之同樣作為一套邏輯系統去補完或重寫整個或許比物理真理更繁錯的描述。

而是的，有些情感的細膩，不是動員每個毛孔一切字句就可以勾勒，它們需要重新思索人與事物的關係，而「**關係**」，是後設的，是邏輯的，我們就是只能抑制感性流淌，回到情感蕊芯，還原其結構，再回溯此結構所依據成立的原理，然後從原理耙梳地編織一幢取代性的更多層的結構，放回我們曾以為無法追問更多的情感機制。如此，當同樣的觸動來襲，我們將能創造更深刻的敘述。這樣的抒情，不只抒發情感的幽微動靜，使獲得立體形貌，且驅動對綿密情感可能性之進一步認識，更讓我們的心聯上抽象的原始秩序之美，那正是直覺的起源。

快思慢想。所有的快思，都是慢想，醞釀由浩瀚與複雜的慢想。我是誰？什麼是「**我**」？什麼是「**是**」？什麼是「**誰**」？……直墜的耽愛、幼獸的情懷、被命運寫死的木然，事實是，到底，沒有任何情感或人類狀態是扁平的，沒有任何一種愛是淺薄的，只是你在乎與否，只是你在乎那個能感受到這個的你，與否。

一部小說，不該是這世界的附屬物，提供解方與提綱

一部小說該是一個獨立世界，且是更好的世界。

三、有「意義」與「主題」才值得一寫

以曦，妳提到的這些非常令我感動……但另一方面，或可說是相當沉痛——或許這正是抒情之一佳例？尤其當我讀到妳說「**事實上，我已經很久不再問這些問題了**」，「**如果你不曾困惑、不曾感知到有某個包覆的宇宙，你就不必起身去推定一套籠罩性的秩序**」……

這確實是件悲哀的事。容我再提艾莉絲．孟若，我的摯愛，最強老太太，二〇一三諾獎得主——我已無能於判斷這是否不合時宜——於她獲獎後，提她或許已不似從前那般怪異；儘管在她獲獎之前我亦已在各種公開或私下場合提她，如我熱愛「昆德拉公設」那般不厭其煩。我這般沾沾自喜，如此俗氣（說實話，諾貝爾獎又算什麼呢？它給過好些不太高明的作家，遑論迄今依舊對昆德拉視而不見，近乎歧視），簡直是以此作為我凡俗血肉之軀之明證（笑）——是的，我又提了艾莉絲．孟若，在為二〇一六年（二〇一七）《九歌年度小說選》所寫的序言中（我是編者）：

先論「無所事事的小說」。我後知後覺，於此次擔任編者之前，不知此類「無所事事的（短篇）小說」如此流行，蔚然成風。既能為報章雜誌所用，理應有一定火候——不負眾望，確然如此；儘管情節無所事事，但此類小說通常不乏其他長處。一整年看下來，絕大多數有著極具水準的文字。然而令我困惑的是，其中亦有為數不少者，「沒有主題」。

這需要解釋。暫以短篇小說眾神之一，艾莉絲．孟若之短篇傑作為例——首先，才份驚人如孟若者，其短篇作品，也並不真那麼常「無所事事」；再者，幾乎所有孟若佳構中，即便表面波瀾不驚，若無其事，至少至少，敘事內部亦必然有一主題。何者？再提似乎陳腔濫調，但「**鄭重而輕微的騷動，認真而未有名目之鬥爭**」之說法，依然有效。我以為，如若這小說還真無所事事，沒有主題，則作者首先必須考慮的是，何必寫它？海面儘可波平如鏡，老僧入定，但其內裡，冰山之下，必然還是得有一個主題，一個黑洞，一個奇點（註二），一個裝載了作者個人深刻的關切、執迷、同情甚或憤恨的集中場域。然而部分此類作品卻令我困擾——我讀到許多，僅是以其優秀基本功、綿密洗鍊之筆鋒，將一無主題、無隱喻、無內在張力（所有人物之情感皆理所當然，是以流於浮淺，既無所謂「鄭重」，離「未有名目」就更遠），因之而亦無敘述價值的故事重述一遍。

我不知我是否過於嚴厲了？我依舊認為，此種現象或與華文文學場域之抒情慣習有關。這並非意在看輕讀者或作者等任何個人之「**感動**」——你的感動很重要（容我敝帚自珍，我想我個人的感動或許也有那麼一點重要性），但我們都必須承認，那不見得是唯一重要的事；而此類對於自我情感之過度抬舉，尤其不該出現於專業人士身上。我的推論是，此類「抒情慣習」（而對「**認識是小說唯一的道德**」此類真正的深沉視而不見）同樣催生了此刻「**金句體**」之誕生與廣傳。

但這待會再說吧。我想說的是，我完全同意妳提到的，「**智性的鑽探原本便充滿深情**」——我不明白何以人們習慣對此視而不見？但我想我這麼說（我說：「我不明白」）也誇大其詞了。或許我大約也是明白的吧？（因為我其實了解，所以我或許也很久，很久不再問這些問題了？）我可以理解絕大多數人們總忙於（優先）處理自己的表層情緒。由於來自遠古祖先的生物習性，人類總須於第一時間處理自己的內分泌變化——先安置或分派當下的緊張、恐懼、焦慮或淚水，理解、標定、運算出一組最終數據並迅速輸出；因為體內恆定系統的急遽變化通常暗示了外在危險或挑戰之迫近，它逼得我們不得不立刻起身應對。以為兩種世界之爭鬥：於人類文明、瀰因（meme，立基於人之智性）與人之軀體、基因（gene，由自然所賦予，來自於血緣與DNA）之間的永恆矛盾。

但難道我們不該期待此事有所改變嗎？難道，人類文明的意義，不正在於以其之演進與積累，克服那些自然所賦予我們的邊界嗎（作為贈禮，同時亦作為限制）？難道人類不該思索一嶄新、尖銳、可能撕裂其自身，引爆巨變但終究無可迴避的視野嗎？作為地球上迄今唯一可能有能力改造自身之物種，那正像是《無愛繁殖》中，法國作家米榭．韋勒貝克所描寫的未來，他筆下不再為情欲所苦的新人類：

對舊人類來說，我們生活的世界好像天堂。有時候我們自己也——不乏幽默程度地——把自己定義為他們長久追求夢想的「神」。

我不知道韋勒貝克的預測是否終將成真；我也不知他是否誇大其詞；若有機會，我們更該考慮一下那樣的世界是否是一個「更好的世界」。但總之我想，我們終究還是得保留些與此刻這些令人厭倦的現狀不同的其他可能性吧？

伊格言，你提到許多小說儘管有著極具水準的文字，卻沒有「主題」，你且提到作者的感動並非唯一重要之事、「自我情感之過份抬舉」、因「抒情慣習」直或間接地導致「認識是小說唯一的道德」之重要性被輕忽。

我試著將這其中關鍵字打散重組為「**對已身情感之認識**」，是的，我以為這正是許多小說如此令人沮喪的源頭。

為什麼人們會當然地以為「**懂得**」自己的感受？像是感受既然作為一種全無全有的什麼，我們若非全無，就是全有，而此一全有，將包含圍覆的身體感、立即催生的情緒，以及其中的「**意義**」……。然而，事實是，關於感受，人們多半停留在前兩者，卻是「意義」，才是感受本身最值得被寫下的。或說，當前兩者或可與有類同生命經驗的人分享，最後者，卻能拓展讀者對情感的認識，通過這份新認識，借代進陌生的原初場景，「**共振**」作者的感動。我說「共振」，是因為那不會也不須是表面的點對點接上，而是因為閱讀而被開發的感性結構，從而理解由此一結構所長出的任何一種情緒。

「**感動**」只是結果，作為一個敏感多孔的人，你輕易有細毛繁生的感觸，但這些感觸，來自怎樣的你？是怎樣的價值配置、歧義的傷口與持續流轉的專注，催生此特定樣貌的「**感受**」？它作為已然的存在，上頭猶疊著其他原本亦可發生的感受樣貌（別的結果、所有可能的結果）嗎？它們將以陰翳或夢境去稀釋、匯流此一自以為「**全有**」的感受嗎？到後來，我們究竟感受到什麼？自以為感受到什麼？我們所認為的情感，與自己，究竟是什麼？

「感動」難道是塊狀的嗎？大把大把均質的快樂或悲傷，差別只在於「畫素」高低，像是此一差別就是文學的高下。還是說，一份感動，就該是一個世界？裡頭繁錯各種漸層與反悖，走得快和慢的感觸，突兀地糾結，又帶出反饋，感覺「逐漸明確」

的臨界之暴力又憂傷地廝殺，空氣漫著持續湧入的困惑和遺憾……，是啊，只要一不小心，這就將是某個感受，而不是另個感受了，我將不會記得我在巨量意緒間的為難，我將不會知道曾有一個幾乎要收束這一刻的我……。

當感動，我們是否就無警覺地接受由此而來的大水，浸好浸滿？還是我們可以分身無數自己，冷眼拆解此個時空？點出其中某變因，提議平行秩序，總結一個全或局部的意蘊，一個可以大也可以小的隱喻。那將是此一感受的「意義」，那會讓似乎私密與唯心的情緒，成為擁有自我深化能耐的「**主題**」。

這後面還會有怎樣的「為什麼」嗎？除了伊格言你從生物角度所提出的觀察，「**人類須於第一時間處理自己的內分泌變化——先安置或分派當下的緊張、恐懼、焦慮或淚水，理解、標定、運算出一組最終數據並迅速輸出**」，我且感到某種令所有人滅頂其中的巨大的寂寞。是這份非與他人和世界有效且立即連結不可的寂寞，讓人們難有餘裕停在零度的一處，投入地開發我們明明可勝任的感性的釐清、辯證與分析。

好小說是一則猜想。

猜想什麼？

猜想一則符號系統中的可能真理。

四、好的小說是一則猜想

以曦，妳用了一套全新的，我未曾想過的，屬於妳自己的說法來描述我所認知的那種狀況。我非常贊同。容我試著以此為基礎再做引伸：是的，事實上，那種感動的「**意義**」才是真正值得書寫的，才是真正的「深刻」所在。我想補充的是，這「意義」並非一套論述，尤其不是那種能由一套論述所涵括並清楚界定的那種；而是，正因為不能由一套論述性、說明性的語言徹底涵容（因為它並不簡化），使得我們必須另尋他途，藉由一篇小說、一首詩、一部電影——簡言之，一個藝術作品；來描述它。

此即「**深刻**」，此即藝術之意義，此即前引昆德拉所言之「**小說的精神是複雜性精神**」、「**唯有小說才能描述的東西**」。是以，容我繼續演繹推進：正因為我們認同昆德拉所言之此一「**小說之公設**」，我們更應該對近來「金句體」的流行保持警惕。

「金句體」是什麼？不，我說的並不僅是於通俗領域所流行的「所謂文青體」（當然了，襲用此一名號還真是委屈了一眾正牌文青）；而是，事實上，在純文學領域，我們亦可見及此「金句體」之通行。它讀來過癮，易於引用傳布，一望即知；像日式料理桌上瞬間掐住味覺與嗅覺的山葵；或許它之所以流行，正是因為人類總迷戀那烈酒入喉般的嗆辣與鋒利……

不，不是的，我想我這麼說還是抬舉了它們。容我們再次回到昆德筆下的「**複雜性精神**」：世界太複雜，人類的情感太複雜，人類的可能性太太複雜；於「文學或藝術作品」此一封閉符號體系內，不太可能存有一個（或一組、一套）箴言式、說明式或命題式的金句能將之簡單概括。文學其實始終離「就是」、「此即」、「所以」等斷言較遠，而更接近「雖然」、「即使」、「然而」或「但是」。是以，我或可如此推演：凡高度依賴所謂「金句」之文學作品，有極大可能性，都不是最好的作品；因為它們總在縮減、低估生活與生命本身的複雜性。金句當然可以存在；某些時刻，金句有金句的閱讀樂趣；它可以是配菜，卻不適合當主菜。真正深邃的藝術與智性並不存在於金句中，而往往是說出金句，而後再將之迂迴否定——而且是部分否定，非全稱否定。

讓我暫且回到我們此次對寫的大題上吧：小說的智性。小說是什麼？我想起張大春曾於《小說稗類》中簡單明瞭地（或許因之而難免過度簡單明瞭）給了小說一個定義，謂小說者無他，即「一個詞在時間中的奇遇」。容我借用此際的「符號系統」論——

於一小說符號系中，這或許也稱得上某種「公設」了吧？

這是公設嗎？當然。正因其為公設，太有道理，是以難免太過理所當然了。細繹其脈絡，之所以會有如此理所當然的說法，是因為張急於將小說由僵化的「一種寓意」或「一種解釋」的泥淖中解放出來。但我想，釐清了基本問題（以「一個詞在時間中的奇遇」將小說由某些愚蠢的釋義者手中奪回）之後，讓我試著提出一種新的公設吧。我說，**好的小說是一種猜想**。

好小說是一則猜想。猜想什麼？猜想一則符號系統中的可能真理。這真理的解釋範圍或許很小，甚至有可能終究無法被證明（哥德爾的不完備定理早就告訴我們這件事）；但藝術求的從來便不是白紙黑字的嚴密證明，是我們閱讀此則猜想，從而無限逼近那則真理時的智性的愉悅。如若一篇小說無法給我們這樣的智性，那麼，它就不會是最好的小說。

是之謂**小說的智性**。

伊格言，是的，「金句體」未免「**讀來過癮，易於引用傳布，一望即知**」，金句體在讓小說變得更「好讀」、更能有立即的收穫或療癒的同時，它也改變了小說所扮演的角色。

一部小說，不該是這世界的附屬物，提供解方與提綱，是以，當那些比對或連結越好用，整件事就越顯可疑。一部小說該是一個獨立世界，且是更好的世界。這裡的更好，指的是它有個最後的重量，整本書將沉成特定形狀。一切，在某一點收束完成。那是類似真理的東西——並非可萃取以套用的「實用」，而是作為該時空稜線的廓清。每事物，不得不朝哪裡去。墜落或飛昇，直到世界自行關閉。那是連小說家都無能制高地預見或懂得的那種一套秩序最內部所引致的不得不然。

在我眼裡，那是小說的神祕，更是小說的清明。該個故事所隸屬的命運，不由分說地籠罩，主人翁赤裸地挨著，無遁逃亦無虛矯的煙幕，在誰終究戰勝誰之前，此與彼邊銜成 irony，千絲萬縷的纖細平衡，正是我們在日常極難洞察、可竟是終極真相的圖景。

而這不是貪心的關於小說的期待，這事實上是最初級的，即是對於「我是誰」、「活著是什麼」的認識。錨定基準點，展開對事物的界定與評量。……是啊，在這裡，我們又兜回了「**認識是小說唯一的道德**」。

伊格言，我們像是在對話於某強大勢力般用力強調小說的智性，可是從什麼時候開始，智性成為一旦不去標誌、捍衛，就會黯淡的存在？我們已然過得如此輕盈了嗎——事物來襲，全都有現成意涵，每個東西就是看上去那個樣子……不，它們甚至已是其在來臨之前就已被透露的樣子，像是一切都發生了無數次，每次總是相同的，以致於我們只要品味那個感覺的細部，就好了，而不須去追究……是這樣嗎？我們真的知道那個發生「是」什麼嗎？我們究竟對自己的知道，知道多少？

好吧，那麼，至少，與至多，「**好小說是一則猜想。猜想一則符號系統中的可能真理**」走進一個陌生國度，邊界變幻，你得警覺某統御秩序，裡頭遍歷大或小的概念、道理、意義，它們都只在那個局部成立，卻只要成立了就會將該處的流動攏出一具模樣，有了模樣才有流向，然後有動有靜，揭露非此無法揭露的關於這個世界的理解。是之謂小說的智性。

（發表於《印刻文學生活誌》一八〇期，二〇一八年八月）

註釋

註一——**潘洛斯階梯**（Penrose Staircase）：英國數學家 Penrose 父子於一九五八年提出的幾何學悖論——指的是一個始終向上或向下但無限循環的階梯，在此階梯上，永遠無法找到最高的或最低的一點。

四色定理（four color theorem），又名「四色猜想」——如果在平面上畫出一些相鄰區域，可以僅用四種顏色染色，使每兩個鄰接區域顏色皆不同。

囚徒賽局：指賽局理論中的「囚犯困境」（Prisoner's Dilemma）——非零和賽局中的代表性例子，反映個人最佳選擇並非團體最佳選擇；若重複進行賽局，每個參與者都有機會「懲罰」另一參與者前一回合的不合作行為，有可能逐漸導致「合作」作為均衡的結果。

不完備定理（Incompleteness Theorem）：哥德爾於一九三一年發表兩條定理。第一條定理指出：任何相容的形式系統，只要蘊涵「皮亞諾公設」（Peano axioms），就可以構築在體系中既不能證明也不能否證的命題（即體系是不完備的）。第二定理則證明基本算術的相容性不能在自身內部證明，因此就不能用來證明比它更強的系統的相容性。

註二——奇點（singularity）：在數學上，這個點其性質趨於無限；然而在數學中，無限的值是無法定義的。在物理中，也儘量避免導致無限的點——體積無限小、密度無限大、重力無限大、時空曲率無限大——在這個點，目前所知的物理定律無法適用。

譯名對照

哥德爾 Kurt Godel（美籍奧地利數學家、哲學家）

昆德拉 Milan Kundera（捷克／法國作家）

巴赫汀 Mikhail Bakhtin（俄國評論家）

勒布朗．詹姆士 LeBron James（美國籃球員）

布赫迪厄 Pierre Bourdieu（法國社會學家、哲學家）

霍格里耶 Alain Robbe-Grillet（法國作家）

延伸閱讀

伊格言，《噬夢人》，台北：聯合文學，二〇一〇年。

米榭．韋勒貝克（Michel Houellebecq），《無愛繁殖》，嚴慧瑩譯，台北：大塊文化，二〇〇八年。

近乎愛情

伊格言

發展出「不完備定理」的數學家哥德爾是愛因斯坦的摯友兼同事——他們曾於普林斯頓高等研究院共事。關於此事，愛因斯坦有一句廣為引用的名言：「我自己的研究已無意義；每天到高等研究院，為的只是能和哥德爾一起散步回家。」——開玩笑地說，這聽起來多麼腐，近乎愛情。有什麼會讓舉世公認的天才愛因斯坦感嘆「我的研究已無意義」呢？或者我們這麼說：統一場論、廣義相對論，這些人類文明最令人嘆為觀止的智性結晶，怎麼可能會沒有意義呢？

但容我們再囉嗦地、過度解釋地多想些——思及不完備定理之內容，我們或可如此強作解人：是啊，當你已明知某些說法確為真理，但也明知它們完全不可能被證明時，對，「我的研究已無意義」——你當然有可能會這麼說了。但我想說的是：大師，別沮喪，來讀小說、寫小說吧。沒錯，文字符號系統中的某些小小真理（亦即那些關於人性的小小真理）或許也無法被證明，但對文學而言，只要能享受無限逼近那些真理時的智性愉悅，一切就成立了呢。

伊格言

小說家。國立台北藝術大學講師。著有《噬夢人》、《與孤寂等輕》、《你是穿入我瞳孔的光》、《拜訪糖果阿姨》、《零地點GroundZero》、《幻事錄》、《甕中人》等書。作品已譯為多國文字，並售出日、韓、捷、中等國版權。

曾獲聯合文學小說新人獎、自由時報林榮三文學獎、吳濁流文學獎長篇小說獎、華文科幻星雲獎長篇小說獎、台灣十大潛力人物等，並入圍英仕曼亞洲文學獎、歐康納國際小說獎、台灣文學獎長篇小說金典獎、台北國際書展大獎、華語文學傳媒大獎年度小說家等獎項。

曾獲選《聯合文學》雜誌「二十位四十歲以下最受期待的華文小說家」、二〇一〇年八月號封面人物；著作亦曾獲《聯合文學》雜誌二〇一〇年度之書、二〇一〇、二〇一一、二〇一三博客來網路書店華文創作百大排行榜等殊榮。曾任德國柏林文學協會駐會作家、香港浸會大學國際作家工作坊訪問作家、中興大學駐校作家、成功大學駐校藝術家、元智大學駐校作家等。

黃以曦

作家，影評人。著有《謎樣場景：自我戲劇的迷宮》、《離席：為什麼看電影》。